HOW TO USE FUCK

出人意表的「行家」用法

FUCKの使用說明書

有請<歐巴馬><比爾・蓋茲><英國威廉王子>

<女神卡卡><史嘉莉・喬韓森>現身說法

電影《刺激1995》《華爾街之狼》《慾望城市》《鋼鐵人》實境佐證

本書使用須知

首先，謝謝您鼓起勇氣伸手拿起這本書。本書是專為世界上的低俗用語所編寫的說明書，舉凡Fuck、Shit／Crap、Damn、Hell等……禁止公開播放的英文字彙，在本書中將會針對其使用方法加以說明。單憑閱讀本書，就想將這些俗語自然地融入對話中，當然還是有點難度，因此請先抱持輕鬆的心情，看著插圖，邊笑邊學習吧！

實際上，這些用語很少用來表示其低俗的原意；其使用方法近似Very much，用來強調副詞、形容詞。相信您一定很常在電影中或日常對話中聽到這些詞彙吧？沒錯，這些詞彙可說是「人類應有的原始情感表現方式」。另外，根據對話內容或前後文的不同，其表現意義也有好壞之分。

值得注意的是：

●這些話依舊含有不雅之意

●可能會嚴重侮辱對方

●具有「好」、「壞」兩種極端的意義，例如憤怒或開心、超厲害或超過分等。

若用法有誤，可能會造成很嚴重的後果。建議初學者最好先仿照書中的例句，並且只在「與好友對話」或「自言自語」的場合中使用。

想加強發音的話，不妨從「反覆練習」開始。透過這個方法，使自己先習慣發音，再慢慢地放入情感，融入對話情境中。

本書是以「危險指數」來分章。作為第一章節的fuck，會依使用場合不同而有正、反兩個層面的意義，務必謹慎使用；第二章是Shit以及其替代詞Crap，使用時依然需要多加留意；接著登場的Damn是「無論是對誰說了，都還能被對方原諒」的等級；第四章則是Hell。下表是將各單字依照「使用時的危險程度」排列，從最嚴重的等級6「須謹慎使用」到最輕微的等級1「可輕鬆使用」，依序做分級。

FUCK	務必謹慎使用	Level 6
SHIT	使用時請多留意	Level 5
BITCH	對女性使用時請小心	Level 4
ASS	還算普通	Level 3
DAMN	這個嘛……普通？	Level 2
HELL	算是一般用語了吧	Level 1

千萬不可對附近的小孩、陌生人、長輩或上司使用這些話語！假設誤用，輕則引發溝通上的障礙，重則導致輕重傷、甚至死亡等。本書無法保證這些用詞不會引發任何糾紛或意外，還請各位讀者多加體諒。

最後在此感謝繪製插圖的NAIJEL GRAPH，擔任企劃的酒井，長居於紐約、熟知生活美語、並負責校對及審修的松田，表示：「fuck 就是beat」、在美25年的Bad Mother Fucking Artist — 也就是負責編修的MADSAKI。衷心感謝以上人士傾囊相助。這些表現手法能幫助各位進行自然又流暢的英語對話，或是順利展現出對於他人的熱情，祈望本書能在您需要的時候派上用場。

英語表現研究會

THIS IS
A GREAT
FUCKING BOOK
TO FUCKING
LEARN HOW TO
FUCKING USE
THE FUCKING
"F" WORD.
MADSAKI

HOW TO USE FUCK

出人意表的「行家」用法

FUCKの使用說明書

有請 <歐巴馬> <比爾・蓋茲> <英國威廉王子>

<女神卡卡> <史嘉莉・喬韓森> 現身說法

電影《刺激1995》《華爾街之狼》《慾望城市》《鋼鐵人》實境佐證

CONTENTS

-FUCK-

Fuck，發音近似「法克」。【動詞．他動詞】①與……來一發②<對人>貶低、侮辱③出錯，使……搞砸（+up）【自動詞】①來一發、進行性交②〔對……〕調戲並激怒〔with〕【名詞．C】①〔慣用 a～〕性交②〔慣用 a～〕性交對象③＝fucker. ④〔the／a～；強調性質〕（只是用來加強語氣，並無特別含意）【嘆詞】混帳！可惡！　＊可數的名詞標示為 C（countable），不可數的則標示為 U（un-countable）。Fuck 是英文的髒話代表，也是性愛行為的俗稱，fuck 可說是非常低俗的表現方式，並且為一般人所忌諱。但在大多數的使用場合，並非是直指 fuck 的原意，而是恐懼、憤怒、開心、驚訝時，自然而然脫口而出的詞語。另外 fuck 也常用來取代強化副詞 very，依照說話的語氣不同，則會出現「超厲害」或「超過分」兩種含意。Fuck 的語源有多種說法，其中一種說法是由 Fornication Under Consent of the King（在國王的同意下進行姦淫）或 Fornication Under Command of the King（遵從國王的命令而姦淫）縮寫而成；此外，根據牛津辭典的說法，Fuck 是由日耳曼語的「拍打」、「摩擦」、「性交」轉化而成。這個由1400年前流傳至今的字彙，在進入20世紀時，被一般大眾認定成「不可公開印刷的字眼」，常以 f*** 或 frack、frick、fWord 等字來代換。

Fucking “A”

太好了、當然、好厲害、太棒了、就是這樣、沒錯、絕對、成功啦

重點

關於 Fucking “A” 的語源有眾多說法，
其中一說是源於軍隊，由士兵們對戰事熱血激昂
Fucking Affirmative（超積極的）縮寫而成。
在其他說法中，A 也指 ace、absolutely 或 asshole 等。

基本表現方式

fricking “A”

"Red Sox won."

Catherine
& Prince William

英國凱特王妃（1982–）
與威廉王子（1982–）

"Fucking "A"!"

「紅襪隊贏了。」
「太棒啦！」

(He organizes too) fucking much.

（有條不紊）過頭了。

重點

fucking much 是用來強調副詞的表現方式。

基本表現方式

He organizes too much.

He organizes too fucking much.

Boy George

喬治男孩（1961－）
英國創作歌手

這人還真他媽的吹毛求疵。

Fucking amazing.

超棒的

重點
要強調「某個形容詞」時，
可用「fucking～形容詞」的手法來表現。
其他有 fucking good（很好）等表現方式。

基本表現方式

She is so amazing.

This pizza is fucking amazing.

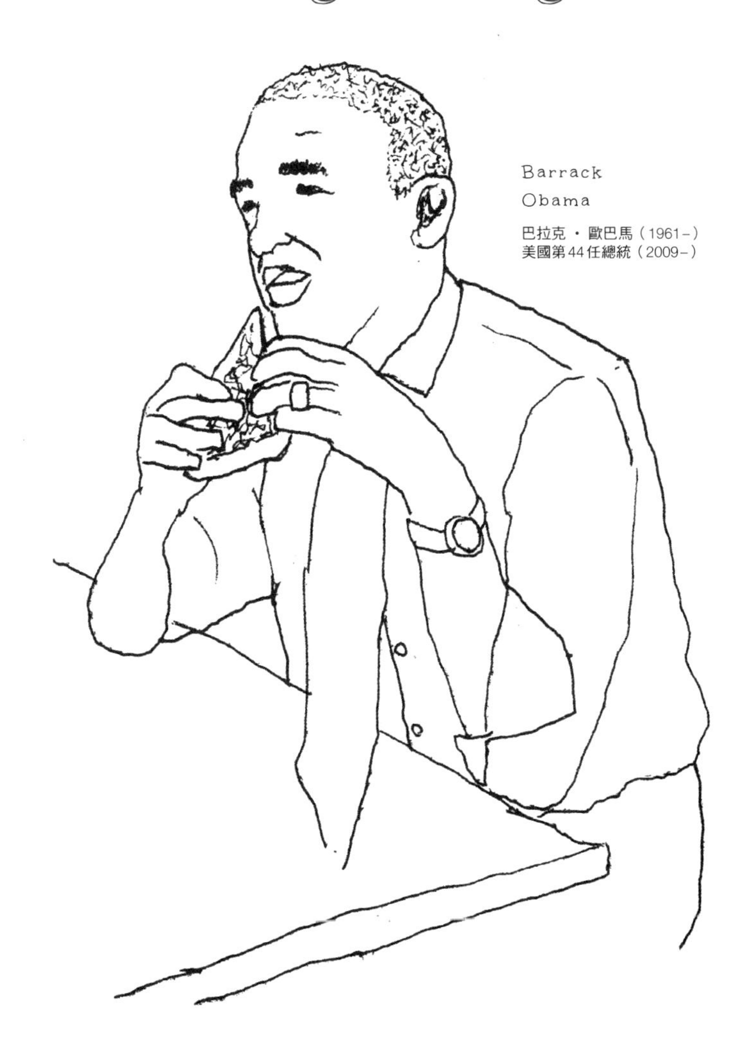

Barrack
Obama

巴拉克・歐巴馬（1961–）
美國第44任總統（2009–）

這比薩真是天壽讚！

Abso-fucking-lutely. / Deli-fucking-licious. / Fan-fucking-tastic! / In-fucking-credible!

當然／超好吃／太美好了／太不可思議了

重點

在正面意義的單字中插入 fuck，
將它轉化成「具強調性質」的自創詞。

基本表現方式

Absolutely., Delicious., Fantastic!, Incredible!

"What do you think of this sushi?"

Mark
Zuckerberg

馬克 · 祖克柏（1984–）
Facebook 創始人

"Deli-fucking-licious!"

「你覺得這壽司如何？」
「真他媽的好吃！」

Are you fucking with me?

在耍我嗎？你是在唬我嗎？你在開我玩笑嗎？
是想惹惱我嗎？是來挑釁的嗎？

重點

「fuck with 某人」指的是與某人開玩笑，或是愚弄某人。
可用憤怒的口氣來表達，或是邊笑邊講，
請依事情的輕重來判斷該以何種方式表現。

基本表現方式

Are you messing with me?

“I slept with your girl!”

Justin Timberlake

賈斯汀・
提姆布萊克（1981-）
美國創作歌手。

“Are you fucking with me?”

「我上了你馬子！」
「你他媽的搞我啊？」

FUCK 06

粗俗的說法

Did you fuck her?
Was she a good fuck?

你上了她？爽嗎？

重點

男性之間對於性愛的低俗、簡略對話方式。
常以詢問感想的方式進行對話，
如「好嗎？」或「不好嗎？」。

基本表現方式

Did you screw her?
Was she a good screw?

“Did you finally fuck her last night?”

柏拉圖（公元前427年－前347年）
與亞里斯多德（公元前384年－公元前322年）
皆為古希臘哲學家，前者為後者的老師

“Yeah man. She’s a great fuck.”

「昨晚你睡了她？感覺怎樣？」
「是啊，超爽的。」

Don’t fuck it up.

求你好好地做呀、不要失敗唷
別搞砸了呀、別糟蹋了它

重點

fuck up 用來表現出「惹出麻煩」的情況。
想表現傷害某人或某事物時，
可使用「fuck 某某 up」或「fuck up 某某」。

基本表現方式

Don’t mess it up.

Just don't fuck it up!

Akira
Kobayashi

小林旭（1938–），日本影歌星。

別他媽的搞砸就對了！

Don’t fuck me over.

別小看我、別背叛我、不要騙我、別想利用我

重點

在金錢或物品借貸的場合中，以上對下的姿態
說出：「fuck someone over」，代表「取消原約定」或是「詐欺某人」；
而否定型態則可用來威嚇對方，表現出「別想騙我」的態度。

基本表現方式

Don’t screw me over.

I'm trusting you with the drugs, don't fuck me over.

The Wolf
of Wall Street

《華爾街之狼》（2013）
美國黑色幽默傳記片

這些藥我相信你，
你可別他媽的耍我！

Don’t fuck with me.

少揶揄我了、別愚弄我、
少騙我了、別惹我、別鬧了

重點

本句為前述 Are you fucking with me 的否定句。
用來威嚇對方，警告對方不要妨礙自己，
或是以強烈口氣使對手感到恐懼。

基本表現方式

Don’t mess with me.

Don't fuck with me fellas.

Joan Crawford

瓊・克勞馥（1905–1977）
美國女演員。

你們可別給我他媽的亂來。

For fuck’s sake.

這是我這輩子最大的心願、你說什麼、你最好適可而止

重點

用來表示自己是「衷心懇求」的強調性用語。
也可用來表現出震驚的情緒，如：「什麼!?」，
或是用在「你給我適可而止」等否定的表現上。

基本表現方式

For god’s sake.

Do me a favor and just shut the fuck up for fuck's sake.

Cat
貓

我他媽的拜託你，閉上你他媽的嘴。

Fuck it.

好啦、知道了、隨便你、
該死、別管它了

重點

用於「已無所謂」的場合，
或是認輸的時候。

基本表現方式

Screw it.

Fuck it, you win. I don't want to play anymore.

Don Draper
(Mad Men)

唐・德雷伯
美國影集《廣告狂人》(2007-)中的主角

他媽的，你贏了。
我不想玩了。

Fuck me.

別鬧了、真是差勁、去死
住嘴、來吧（上了我吧）♡

重點
對自己生氣時，
或是堅決否定對方提議時，皆可使用。
另外也可用於性交場合，尤以女性較常使用。

Fuck me!
I'm late for work.

Layer Cake

《雙面任務》（2005）美國犯罪電影

殺了我吧！
我上班遲到了。

Fuck off.

滾、去死、住嘴、走開

重點

準確來說，fuck off 是在「希望對方走開」的時候使用。
但是，當親近的友人對自己開惡劣玩笑時，
也可以輕鬆、戲謔的感覺來回應對方：「fuck off」。

基本表現方式

Get lost.

其他例句

Fuck off dude,I'm trying to work.
（對好友說）「滾開啦，我正在工作。」

Will you please fuck off?

Kate
Moss

凱特 · 摩絲（1974–）
英國超級名模

（用諷刺的口吻來說）

不好意思，可以請您他媽的滾開嗎？

Fuck yeah. / Fuck no.

當然、太棒了、太好啦／絕對不要

重點

想強調自己的回應時，可在 yes 或 no 的前方加上 fuck。
依場合不同而有「太棒啦！」、「就是這樣！」的意思，
而 Fuck no. 則具有「強烈希望對方停止」的意思。

基本表現方式

Hell yeah. / Hell no.

The short answer is "no". The long answer is "Fuck no".

Tony Montana
(Scarface)

東尼・蒙大拿
美國電影《疤面煞星》（1983）中的主角

簡單說，就是「不」；
複雜說，就是「他媽的，不！」

Fuck you. / him. / her. / that. / em(them).

混帳東西、別鬧、去死

重點

對人或物顯露出輕藐的態度，是憤怒的表現。

與 Fuck off 相似，可表現「希望對方滾開」的情緒。

用在拒絕、反駁他人或社會的場合。

Fuck you!

Ted

《熊麻吉》（2012）
美國限制級喜劇片。

去你的！

Fuck! / Oh, fuck.

幹！／噢，幹。

重點

用來表現憤怒或痛心的情緒。

基本表現方式

Shit.

Oh, Fuck!

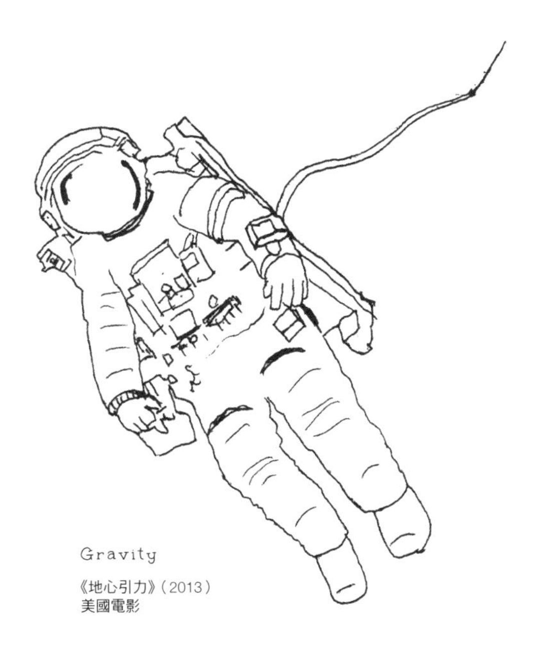

Gravity

《地心引力》(2013)
美國電影

噢，幹！

Fuckable.

覺得可行、（對於具有性感魅力的對象）可接受

重點

對「認為可進行性交」或「具有性魅力」的對象表示接受。
男女皆能使用，但較常出現在女性之間的對話中，
表達「可行」之意。

基本表現方式

Possible.

Yeah, he's fuckable.

Sex and the City

《慾望城市》（1998–2004），美國影集。

他的話，可以唷！

Fuck face.

令人作嘔的傢伙、討人厭的傢伙

重點

對不討喜、製造麻煩與困擾的人物使用。

基本表現方式

Scumbag.

Douchebag.

I can't believe you are such a fuck face.

KICK ASS

《特攻聯盟》(2010)
美國超級英雄電影

真不敢相信你竟是個如此機掰的傢伙。

Fucking Bastard.

混帳東西

重點

對行徑囂張之人使用。

基本表現方式

Bastard.

You fucking bastard.

你這該死的渾蛋。

Fucking bullshit.

絕對是胡扯、不可能啦、這行不通啦

重點

強調 Bullshit（胡說）的表現方式。

指「絕對不可能」的事情。

基本表現方式

Bullshit.

This is fucking bullshit!

American Hustle

《瞞天大佈局》（2013）
美國喜劇犯罪劇情片

這肯定是胡扯。

So fucking familiar.

很眼熟

重點

對於不知在何處見過或聽過的事物，

表現、強調出深刻的熟悉感。

基本表現方式

So familiar.

其他例句

This fucking place looks so fucking familiar.

這個地方好眼熟。

Do I know you? You look so fucking familiar.

Michael & …….

麥可與……

我見過你嗎？
你看起來真他媽的眼熟。

攻擊用語

Go fuck yourself.

吵死了、閉上你的嘴滾開、去死吧

重點

向對方表達厭惡、憤怒、抱怨，
或侮辱完對方後，加在句末的用語。
層級比 fuck you 還要高。

基本表現方式

Go screw yourself.

Go fuck yourself.
Get the fuck out of here.

Sid Vicious
(Sex Pistols)

席德・維瑟斯
(1957-1979)
英國龐克搖滾樂團
「性手槍」貝斯手

少囉嗦，滾！

Holy fuck!

（用於驚訝時）這不是真的吧！

重點

極度訝異時的表現用語。

也可說 holy shit、holy fucking shit。

基本表現方式

Jesus Christ.

Holy fuck. How did that money get here?

Bill Gates

比爾 · 蓋茲（1955-）
美國著名企業家

哇靠！這錢哪來的？

I don’t give a fuck.

隨便、怎樣都好、一點都不在乎
干我屁事、我哪知道

重點

Don't give a fuck 指對於某事物絲毫不在乎，
也可說成：I don't give a shit。

相似表現

I couldn’t care less.

其他例句

I don’t give a fuck, I’m buying new iphone.
「想怎樣都行，反正我要買新 iphone 了。」

I don't give a fuck.

Edward
Snowden

愛德華・史諾登（1983-），前美國中央情報局職員、美國國家安全局約僱技術員，因於2013年將國安局監聽計畫的機密文件向媒體披漏，而遭美國通緝。

我才不屌他。

I / He / She / They fucked up.

做錯了、搞砸了、失敗了
錯亂了、喪失理智了、發狂了

重點

(be) fucked up 指某人因藥物、酒精、打架或工作過度
而喪失肉體、甚至精神層面的控制能力。
用來表現一團糟的情況或事物，或是極度混亂的狀態。

基本表現方式

messed up,
They messed him (her) up.

You fucked up!

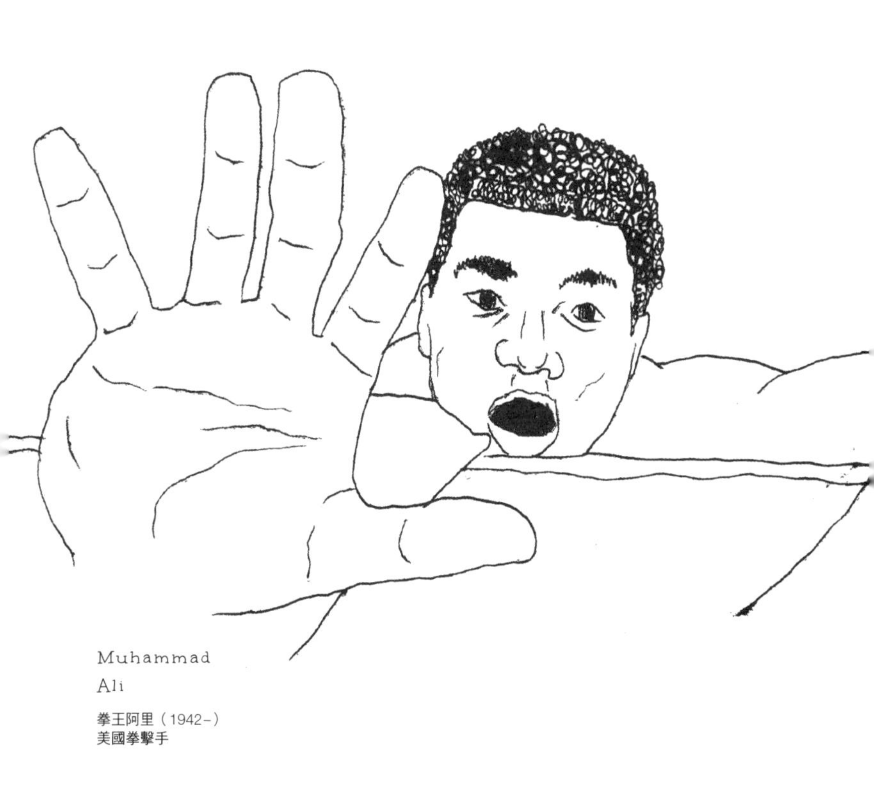

Muhammad
Ali

拳王阿里（1942-）
美國拳擊手

啊～你看看你，搞砸了吧。

Mother fucker. / You Fucker.

混帳東西、垃圾／差勁的傢伙

重點

Mother fucker 字面上的意思是「戀母情結」，是種貶低對方的表現手法。
You fucker 是以不客氣的態度，對討厭的人或惡劣之人使用的字眼。
若將這兩句話的語尾音調提高，則會轉而變成喜悅的用語。
難以改變語調時，也可加進 Great，
表示對方為「超棒的傢伙」，將原句轉換成讚美用語來使用。

90% of the human race is a bunch of selfie fuckers.

Academy Awards

第86屆（2014）奧斯卡金像獎頒獎典禮，主持人艾倫・狄珍妮（Ellen DeGeneres，1958–）以手機拍下眾星雲集的自拍照。

全世界有九成的人是愛玩自拍的蠢蛋。

Shut the fuck up.

（具攻擊性的）給我閉嘴、住口

（朋友之間的對話）真的假的！？少跟我開玩笑

重點

以 fuck 來強調 shut up（住嘴）。

說得既清楚又明白時，此話就具備攻擊性，

反之，用輕鬆的語氣來對朋友講這句話，便有相反的意義。

基本表現方式

Shut the hell up.

"Yo, I won the lottery man."

Joan Holloway
(Mad Men)

瓊・霍洛葳
美國影集《廣告狂人》
女主角之一

"Shut the fuck up!"

「嘿，我中樂透了。」
「幹！真的還假的啦!？」

Stop fucking around.

別在那礙手礙腳、別玩了
別鬧了

重點

fuck around 是指態度不認真的樣子。
大多是在有「非完成不可的重要工作」的情況下使用此句。

基本表現方式

Stop fooling around.

Stop fucking around and get back to work.

Iron Man

《鋼鐵人》（2008）
美國超級英雄電影

不要鬼混，
快滾回去工作。

That's fucking stupid.

這真是超愚蠢的

重點

以 fucking 來加強表現。根據使用方式的不同，
也可當作讚美用語使用，用來稱讚厲害的事物。

基本表現方式

That is so stupid.

What you just did is fucking stupid.

Fast Times
At Ridgemont High

《開放的美國學府》（1982）
美國青春校園喜劇

你剛剛的行為還真是他媽的白目。

What a fuck up.

多麼迷糊啊、
多麼派不上用場啊、多麼白痴的傢伙啊

重點

fuck up 有搞砸、出錯、破壞的意思。
此說法除了表示「事情被搞砸」之外，亦有「無用之人」的含意。

基本表現方式

What a screw up.

What a fuck up!

Amy
Winehouse

艾美 · 懷絲（1983–2011）
英國靈魂、爵士和節奏藍調歌手

搞屁啊！

What a stupid fuck.

大笨蛋

重點

加上 fuck 以強調 stupid。

也有 What a dumb fuck 的講法。

基本表現方式

What a fool.

What a stupid fuck.

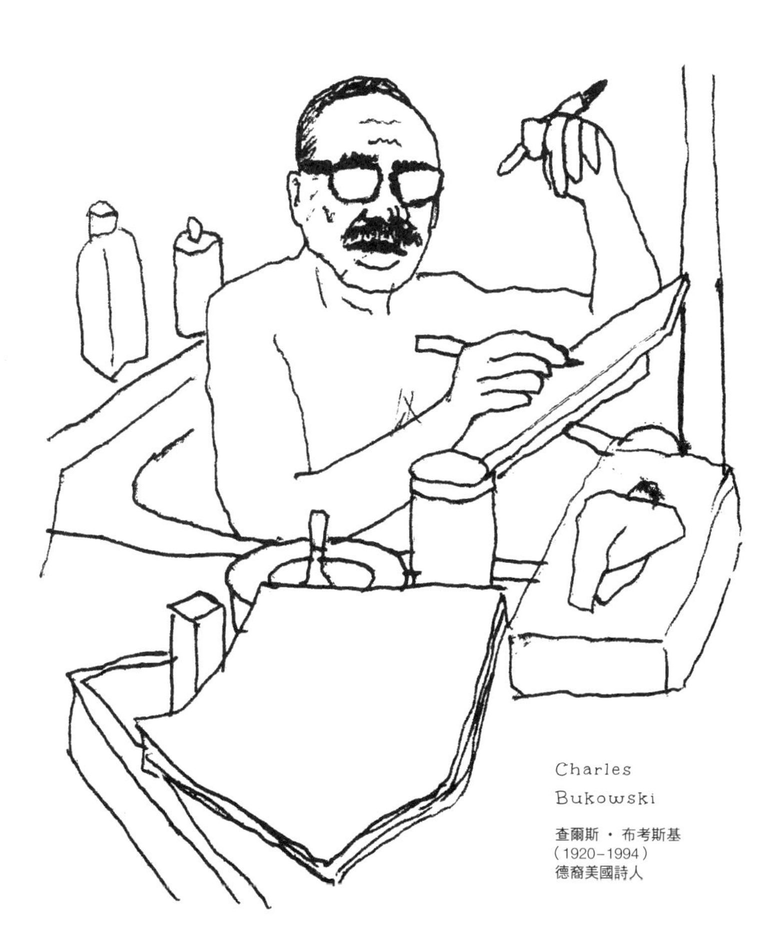

Charles Bukowski

查爾斯 · 布考斯基
（1920–1994）
德裔美國詩人

腦殘喔。

5W1H活用表現

What the fuck?

搞什麼鬼？到底是怎樣啦？

（用於好的方面）**真的還假的啦？**

重點

本句常在生氣、煩躁或混亂的情況下使用。

另外，以好的層面上來說，

可用來表示吃驚，如：「騙人的吧？」。

基本表現方式

What the hell?

縮寫

WTF

I thought it was coffee! What the fuck?

Lady
GaGa

女神卡卡（1986–）
美國創作歌手

我以為這是咖啡！結果這什麼鬼東西？

5W1H活用表現

What the fuck 篇

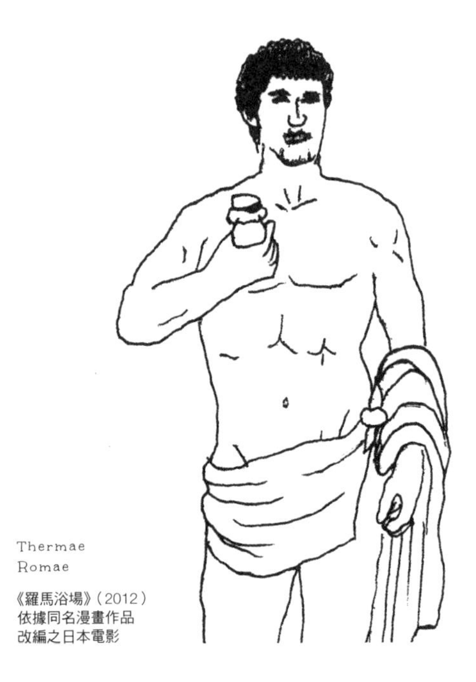

Thermae
Romae

《羅馬浴場》(2012)
依據同名漫畫作品
改編之日本電影

What the fuck are you doing here?

你在這搞什麼鬼？

重點
加上 the fuck 來強調「到底」，
使用對象通常是「不知其行為意義何在」的人。

基本表現方式
What are you doing here?

Brigitte
Bardot
碧姬 ・ 芭杜（1934–）
法國電影女明星

What the fuck are you talking about?

聽不懂啦、你在說什麼鬼？

重點
加上 the fuck 來強調「到底」，
使用對象通常是「不知道到底想表達什麼」的人。

基本表現方式
What are you talking about?

5W1H 活用表現

What the fuck 篇

The Devil Wears Prada

《穿著 Prada 的惡魔》（2006）
改編自同名小說的美國喜劇電影

What the fuck are you thinking?

你到底在想什麼？你有病嗎？

重點

加上 the fuck 來強調「到底」，
使用對象通常是「不知其行為的意義何在」的人。

基本表現方式

What are you thinking?

5W1H 活用表現

What the fuck 篇

The Hangover

《醉後大丈夫》（2009）
美國喜劇電影

What the fuck is going on?

到底發生什麼事了？／（問候好友時）近來如何？

重點

加上 the fuck 來強調「到底如何」，
使用對象通常「不知其行為意義何在」。
若聽到友人對自己說這句話時，可回：「Not much.」。

基本表現方式

What is going on?

5W1H 活用表現

What the fuck 篇

What the fuck is with this guy?

這傢伙腦袋沒問題吧？有事嗎？

重點

加上 the fuck 來強調「到底如何」，
偶爾遇到思維怪異之人時，便可使用此句。

基本表現方式

What is wrong with this guy?

Where the fuck 篇

The Big Country

《錦繡大地》（1958）
美國西部電影

Where the fuck are you going?

你到底要去哪裡？

重點

加上 the fuck 來強調「到底在何處」。
對「清楚自己的目標、未走錯方向」的人來使用。

基本表現方式

Where are you going?

5W1H 活用表現

Where the fuck 篇

Where the fuck are we?

這什麼鬼地方？

重點

加上 the fuck 來強調「到底在何處」。
用於迷路、爛醉、喪失記憶時，
或表示不記得自己曾做了什麼事。

基本表現方式

Where are we?

5W1H 活用表現

Who the fuck 篇

Mr. Bean
《豆豆先生》(1997)
英國喜劇電影

Who the fuck are you?

你誰？

重點

加上 the fuck 來強調「到底是誰」。
被別人以高高在上的態度對待、惹惱時，便可使用此句。
亦可表現出對於「突然出現的人／不明人士」的警戒情緒。

基本表現方式

Who are you?

I collect your fucking head. - Kill Bil
我是來取走你的死人頭的。——《追殺比爾》(Kill Bill，2003)，美國暴力美學電影。

Fucking A. I don't need no smart wife-killing banker to tell me where the bears shit in the buckwheat. - The Shawshank Redemption
當然。我不需要一個殺妻的銀行家來教我這種用膝蓋也想得出來的事。——《刺激1995》(The Shawshank Redemption，1994)，根據暢銷作家史蒂芬 · 金(Stephen King，1947-)的中篇小說改編而成的美國電影。

"Don't fuck me Tony."
"Okay. No. Okay? Fuck no!" - Scarface
「東尼，不要騙我喔。」
「知道了，你說不要是嗎？這是絕對不可能的」——《疤面煞星》(Scarface，1983)，美國電影。

" [opens a case of guns] You're going to need one of these."
"Fuck me, Gene. I fuckin' hope not. Are you trying to scare the shit out of me? I mean, I fucking hate guns - Although that one is really pretty. What is that, Second World War?" - Layer Cake
「(一邊打開槍械箱)你應該會需要這個。」
「別開玩笑了，Gene，我超不希望的。你是要嚇死我嗎？我的意思是，我超討厭槍的。雖然那把看起來還挺好看的。那是啥？二戰的嗎？」——《雙面任務》(Layer Cake，2005)，美國犯罪電影。

"Knock knock."
"Who's there?"
"Go fuck yourselves." - Catch Me If You Can
「叩、叩。」
「誰呀？」
「吵死了，閉嘴！滾吧你。」——《神鬼交鋒》(Catch Me If You Can，2002)，美國傳記電影。

"Carrie, you can't date your fuck buddy."
"Say it a little louder, I don't think the old lady in the last row heard you."
- SEX and the CITY
「凱莉，你不能和砲友約會啊！」
「妳可以再大聲一點沒關係，最後一排的歐巴桑好像沒聽到。」——《慾望城市》(Sex and the City，1998-2004)，美國影集。

FUCK名言

You're a sick fuck, Fink. - Barton Fink

芬克，你這個病夫。——《巴頓 ‧ 芬克》（Barton Fink，1991），美國電影。

That is fucked up! I would never say anything that fucked up to anybody, but you do because you're gross inside. You're so fucked up and gross.
- American Hustle

爛透了！我才不會像你一樣對任何人說出那樣機車的話，因為你從裡壞到外，超級機掰又噁爛！——《瞞天大佈局》（American Hustle，2013），美國喜劇犯罪劇情電影。

Let me tell you something. There's no nobility in poverty. I've been a poor man, and I've been a rich man. And I choose rich every fucking time.

讓我告訴你，在貧窮之中，高尚是不存在的。我曾經窮苦過，也曾經非常富有。要選的話，我死也要選有錢的生活。——《華爾街之狼》（The Wolf of Wall Street，2013），美國黑色幽默傳記電影。

What kind of fuckery is this - Amy Winehouse

這是在魯洨什麼？——艾美 ‧ 懷絲（Amy Winehouse，1983–2011），英國靈魂、爵士和節奏藍調歌手。

Play it fuckin' loud! - Bob Dylan

用最大的音量來演奏吧！——鮑勃・狄倫（Bob Dylan，1941–），美國搖滾、民謠創作歌手。

I don't fuck much with the past but I fuck plenty with the future.
- Patti Smith

我不糾結沉溺於過去，而是對未來寄予厚望。——佩蒂 ‧ 史密斯（Patti Smith，1946–），美國創作歌手、詩人。

Gain my trust don't play games it will be dangerous
If you fuck me over. - Eminem

博取我的信任，別跟我耍心機，若你敢耍我就準備慘兮兮。——阿姆（Eminem，1972–），美國饒舌歌手，「Space Bound」歌詞

"Darling, my attitude is 'fuck it'; I'm doing everything with everyone."
- Freddie Mercury

親愛的，我的生活態度是「管它去死」，不管是對誰或對任何事都一樣。——弗雷迪 ‧ 默丘里（Freddie Mercury，1946–1991），英國歌手。

Just keep moving forward and don't give a shit about what anybody thinks. Do what you have to do, for you. - Johnny Depp
別管其他人的想法，勇往直前就對了。為了自己，奮不顧身。——強尼 ‧ 戴普（Johnny Depp，1963-），美國電影演員。

You're young, you're drunk, you're in bed, you have knives; shit happens... - Angelina Jolie
年紀輕輕，酒醉醺醺，臥床持刀，在劫難逃。——安潔莉娜 ‧ 裘莉（Angelina Jolie，1975-），美國女演員。

He can't get away with that shit [that he's the sexiest man alive] at home. He's not Brad Pitt. He's Brad, pick up your stuff. He's Brad, shut the door. He's my Brad. - Jennifer Aniston
他在家也擺脫不了他是全球最性感男人的「美名」。他不是布萊德 ‧ 彼特（Brad Pitt），他是小布，幫你拿東西的小布，把門關上的小布，他是我的小布。——珍妮佛 ‧ 安妮絲頓（Jennifer Aniston，1969-），美國女演員，布萊德 ‧ 彼特前妻。

He who shits on the road will meet flies on his return.
- South African Proverb quotes
半路拉屎，回程撲蠅。——南非諺語

One's own shit doesn't smell - Old Russian saying quotes
自己的大便不覺得臭。——古老的俄羅斯俚語

I wanna have my kicks before the whole shithouse goes up in flames!
- Jim Morrison
在這個沒用的家著火前，我會一直期待下去的。——吉姆 ‧ 莫里森（Jim Morrison，1943-1971），美國創作歌手、詩人。

The most essential gift for a good writer is a built-in, shock-proof, shit detector. This is the writer's radar and all great writers have had it.
- Ernest Hemingway
優秀作家最基本的天賦是內建強大的廢話感知能力，也就是所有偉大作家皆擁有的「作家雷達」。——厄內斯特 ‧ 海明威（Ernest Hemingway，1899-1961），美國記者、作家。

·SHIT·

Shit，發音近似「雪特」。屬於不雅的用語。【嘆詞】〔一次次的 Oh～！〕狗屎！畜生！《低俗用語。表示憤怒、厭惡、失望等情緒》【名詞】①U狗屎、大便《也有含蓄的說法：bowel movement，waste material，dirt；幼童用語 poop》②〔a～〕排便行為；〔the～s〕腹瀉。③ U 玩笑話④ C〔a～；慣用否定句〕無聊的東西（傢伙）⑤U屈辱、侮辱【動詞】（自動詞）排便（他動詞）以糞便將……弄髒。關於 Shit 的語源，是由16世紀左右的英文古語 crapchaff 分裂、轉變而成。

·CRAP·

Crap 可做為Shit 的代用詞。比起shit，crap 是較溫和的表現方式。〔俗語〕【名詞】① U 愚蠢的想法、玩笑話（nonsense）② U 垃圾／廢物（rubbish）、（電影等）失敗作③ U，C《主要是美式用語》大便、糞④ U〔慣用否定句〕不恰當的對待⑤〔～s，作為嘆詞〕笨蛋啊；像個笨蛋一樣【形容詞】《英式》笨拙【動詞】（自動詞）（主要是美式）去大便（較文雅的說法為 go to the toilet）〔《英式》lavatory〕、《美式》go to the bathroom，也可簡稱為 to go，正式用法為 empty the bowels。＊可數的名詞標示為 C（countable），不可數的則標示為 U（un-countable）。

A shitload of~

用不盡的、數量非常多的

重點

用 shit 來加強表現。

工作過多或壓力過大時，也可加入 shit 來使用。

Crap 的表現方式

A crapload of.

其他例句

You have spent a shitload of your money.

你已經花了一狗票的錢。

That's a shitload of fun.

超開心的。

I have shitload of beer.

Snatch

《偷拐搶騙》（2000）英國犯罪電影

我有一狗票的啤酒。

All you ever do around here is eat, sleep and shit.

你就只會吃飯、睡覺跟拉屎。

重點

這裡指的是 shit 的原意。

常對「遊手好閒之人」使用。

All you ever do around here is eat, sleep and shit.

The Iron Lady

《鐵娘子》（2011）
一部關於英國前首相柴契爾夫人（Margaret Thatcher，1925–2013）傳記電影。

你就只會吃飯、睡覺跟拉屎。

Beat the shit out of~

（對人的）海扁、強烈攻擊

重點

用於想將對方痛打一頓時。

也可當成「警告、恐嚇對手」的句子來使用。

Crap 的表現方式

Beat the crap out of~

其他例句

I'm gonna beat the shit out of him.

我要把他打個半死。

Put the kitty down, or I will beat the shit out of you.

Rihanna

蕾哈娜
巴貝多（Barbados，加勒比海與大西洋邊界上的獨立島國）女歌手。

把貓放下，不然我把你揍到脫肛。

Bullshit. / Horseshit. / Chickenshit. / Apeshit.

騙人！胡說八道／荒唐、沒品味／
膽小、怕事／興奮、生氣、沉醉

重點

在 shit 前面加上公牛、馬、雞、猿猴等動物名詞。
Horseshit、Chickenshit 及 Apeshit 較少使用。

He is making up bullshit again.

Scarlett Johansson

史嘉莉 ・ 喬韓森
(1984–)
猶太裔美國女演員、歌手和模特兒。

他又在那邊騙人了。

I / you / we don’t give a shit.

怎樣都好、沒興趣、不在意

重點

shit 指「不值得在意的事物」，在上一章節中也有相似的用法，
與 I don't care 同義，表示「與自己無關」。
改用 fuck 或 damn 也是同樣的意思。

Crap 的表現方式

I / you / we don’t give a crap.

“Aren’t you worried about your life?”

Friedrich
Nietzsche
弗里德里希 ・尼采
（1844－1900）
德國哲學家

“I don’t give a shit.”

「你不擔心自己的人生嗎？」
「干我屁事。」

Eat shit.

吃屎、忍受痛苦

重點

直譯的意思是「吃大便」，

用來痛罵他人或表示甘願承受痛苦。

Eat shit and die.

Mick Jagger

米克 · 傑格（1943-）
英國搖滾樂手。

吃大便死死去吧！

Feel like shit.

心情糟透了、覺得不爽

重點

因生病或宿醉而出現「自我嫌惡」的情緒，

常於陷入低潮的時候使用。

When life sucks and you feel like shit.

Johnny Depp
強尼・戴普（1963–）
美國電影演員

人生不如意，感覺像坨屎。

Get my / your shit together.

（將態度、所有物）**振作起來、整頓好**

重點

直譯的話，是「好好地把 shit 聚集起來」的意思。
常與 my/your 一起使用。

基本表現方式

Get my / your shit together.

其他例句

You better get your shit together,
so you can start living independently again.
你最好振作一點，才能獨立地生存。

Reading a book called "How to get your shit together."

Benedict Cumberbatch

班奈狄克 · 康柏拜區（1976–）
英國男演員。

閱讀一本名為《從爛事中振作吧！》的書。

Do you believe his / her / that / shit?

難道你相信他／她講的話!?
這種事你也相信嗎!?

重點

這裡的 shit 指的是無聊的事物、不值一提之事、謊言、玩笑話。
常用來追問對方「這種事你也相信？有沒有搞錯！」。

Crap 的表現方式

Do you believe that crap?

Do you believe that shit?

Michelle
Obama

蜜雪兒 ・ 歐巴馬（1964－）
美國第一夫人

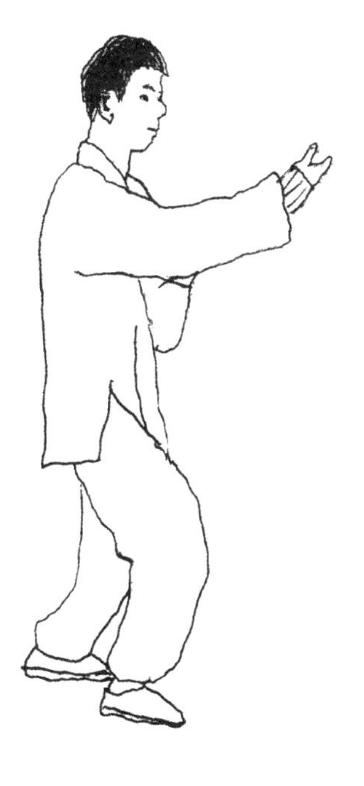

難道你相信那些鬼話？

(Have) shit for brains.

犯傻、無可救藥的笨蛋

重點

就直譯來說，是「腦子裝屎＝笨」的表現手法。

Crap 的表現方式

(Have) crap for brains.

You've got shit for brains.

Miranda Kerr

米蘭達 · 寇兒（1983-）
澳洲模特兒

你頭殼裝屎啊！

I am not gonna take that shit.

不想參與那種無聊的事

重點

take shit 有「無聊」的意思。
常用來表示自己將不再參與。
take that shit 的後面常會接上
any longer.／from you.／him.／her.／them.
一起使用。

Crap 的表現方式

I am not gonna take that crap.

I am not gonna take that shit from you.

Naomi Chiaki

千秋直美（1947-）
日本演歌歌手

我才不管你這些蠢事。

I gotta take a shit.

我去大便

重點
直接使用 shit 的原意，
是一種率直的表現手法。

Crap 的表現方式

I gotta go crap.

I gotta take a shit.

Selena Gomez

席琳娜 · 戈梅茲（1992-）
美國影歌星

我要去拉個屎。

SHIT 13

In deep shit.

問題一堆、非常糟糕的狀況

重點

字面上來說，是指「深陷於屎堆裡」。

也就是說出了問題，並陷入困境中。

通常在「為時已晚，問題已鬧大」的情況下使用。

Help! I'm in deep shit.

The King's Speech

《王者之聲：宣戰時刻》
英國電影（2010）

救命！我的麻煩大了！

That's some deep shit.

有深層含意的事

重點

加上 shit 來強調「深度」。

被某事物吸引的時候常常會講出這句話。

That's some deep shit. You gotta write that down man.

Biz Markie

比茲・馬奇（1964-）
美國饒舌歌手

那句話太有深度了。
老兄，你最好快點抄下來。

I don't know jack shit about it.

我連個屁都不曉得。

Kate
Upton

凱特 · 厄普頓（1992–）
美國模特兒、演員

Jack shit.

完全沒有、完全不曉得

重點
指對於其中的價值或知識完全不清楚，
或用來表示「我什麼都沒做」。

No shit!

騙人!?

Eddie Murphy

艾迪 ・ 墨菲（1961–）
非裔美國演員

No shit.

真假!?真的嗎!?騙人吧!?這是當然囉！

重點

用於驚訝、不敢相信對方所言的時候。

其同義詞有 no way 和 no kidding。若語尾的音調上揚，

則表示「真假!?」；若將語尾音調往下壓，則有「當然啦」的意思。

Not worth a shit.

連屎都不如、毫無價值

重點

用否定 a shit 的方式延伸出無聊、
無趣之物的含意。

Twitter or facebook and SNS all aren't worth a shit to me.

Malcolm X

麥爾坎・X（1925–1965）
美國黑人民權運動領導人物

Twitter、Facebook 和 SNS
對我來說都是毫無意義的東西。

SHIT 18

Piece of shit.

廢物、破舊物、垃圾

重點

指人或物已經派不上用場、損壞、
價格過高或喪失機能。

That piece of shit hasn't worked for years.

Joker from Batman

小丑，《蝙蝠俠》系列中的反派人物。

那個廢物已經沉寂多年了。

Same shit, different day.

一如往常、一成不變

重點

即使日子一天天地過去，每天所做的事情依舊不變。

亦指重複做同一件事。

縮寫

SSDD

“How are you doin?”

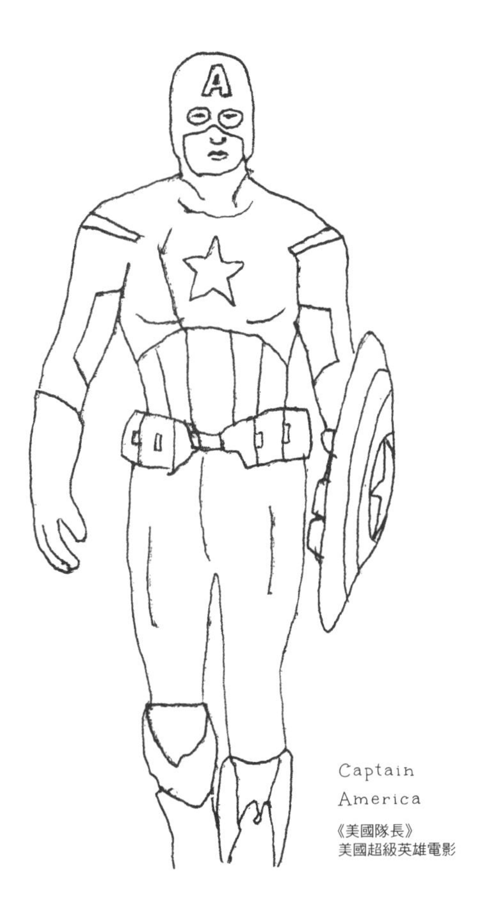

Captain
America
《美國隊長》
美國超級英雄電影

“Same shit, different day.”

「近來如何啊？」
「老樣子。」

Shit a brick.

嚇一大跳

重點

感到震驚、恐懼、憤怒或緊張的時候使用。

訝異的程度好比「不小心把大便拉到褲子裡」。

You will shit a brick when you see this.

Emma
Stone

艾瑪 · 史東（1988–）
瑞典裔美國女演員

你要是看到了一定會嚇屎。

Don't let me have to shit on you, for real.

說真的，別逼我生氣好嗎？

The Artist

大藝術家（2011）
法國黑白浪漫愛情默片

Shit on you.

咒罵你

重點
針對對方的行為而做出指責。

Don't shit your pants.

別嚇到挫屎喔。

Kurt Cobain

科特 · 柯本（1967-1994）
美國搖滾歌手

Shit my pants.

大便大進褲子裡、懼怕

重點

常會加上 Don't 一起使用，有「要求對方不要害怕」的意思。

也可代換成 your／his／her／their。

Shit!

糟了！完蛋了！

重點

對惡劣的情況感到憤怒或焦躁時，常會脫口說出 shit。

也可與嘆詞 AW、Oh……等一起使用。

Shit! zombies!

Robin
Thicke

羅賓 ・ 西克（1977–）
美國創作歌手

屎定了！有殭屍啊！

Uh oh, look She's shitfaced.

喔，快看，她醉得一蹋糊塗。

Pharrell Williams

菲瑞 · 威廉斯
(1973-)
美國創作歌手

Shitfaced.

喝醉的臉

重點
指喝得爛醉如泥並露出醉相的樣子。
shit face 有「一臉蠢相的傢伙」的含意。

Hey, you look shitty.

嘿，你看起來一臉屎樣。

Pink

粉紅佳人（1979-）
美國搖滾女歌手

Shitty.

討厭的、不愉快的、過分的、低劣的、愚蠢的

重點

指對手或對象的素質不佳、低劣、令人瞧不起，
也有「不幸之人／物」的含意。

The shit out of~

幾乎到了討厭的程度、竭盡所能

重點

常會在 out of 前面加入 shit 來表示強調，例如：
scare the shit out of（嚇到腿軟）、
beat the shit out of（完全被打敗）。
另外也有 shit out of luck（一點都不走運）的使用方式。

You scared the shit out of me.

Michael Jackson
Thriller

《顫慄》
美國歌手麥克 · 傑克森
（1958–2009）
於1982年發行的第二張英語專輯。

我被你嚇得屁滾尿流。

The shit.

超厲害、很完美

重點

對人或物使用時，在 shit 前面冠上「The」，
就有優越、卓越、高級、上等之意。

Your car is the shit.

Eminem
阿姆（1972–）
美國饒舌歌手

你的車超屌的。

I guess you're up shit's creek.

我想，你遇到麻煩了吧。

Black
Swan

《黑天鵝》
美國心理驚悚及
恐怖電影（2010）

Up shit's creek (without the paddle).

陷入困境中、束手無策、遇上大麻煩

重點

直譯為「坐在一艘沒有槳的獨木舟上」。請試著想像「在這種惡劣的情況下，若再不想想辦法就會墜落下游的瀑布中」，便能理解這句俗語所形容的窘境。

If Dad finds out how much money you spent, the shit will really hit the fan.

要是被老爸發現你花了這麼多錢，一定會掀起一場大混戰的。

The Forty-seven Ronin

元祿赤穗事件，發生於日本江戶時代中期元祿年間，
赤穗藩家臣47人為主君報仇的事件。

(When) the shit hits the fan. / (when) the shit flies.

演變成麻煩的事、棘手的情況、大騷動／困擾的事

重點
由字面上就可想像出「糞便打中電風扇」是多麼混亂、糟糕的情況。
有「因棘手的事而引發大騷動」的意思。

SHIT 30

Do you want to fight? I bet you ain't got shit on me.

要幹架嗎？我量你沒那個膽。

Freddie Mercury

弗雷迪 ・ 默丘里（1946–1991）
英國歌手

You ain't got shit on me. / him. / her. / that. / them.

你／他／她／那個／他們是敵不過我的、一點意義都沒有的

重點

通常會說 You don't have shit on me.。ain't 是以前英國的勞動階級
在說粗話時，當作 am not／isn't／aren't／hasn't／haven't 來使用的字。

SHIT・CRAP名言

The first draft of anything is shit. - Ernest Hemingway
最初的草稿都是垃圾。——厄內斯特 ・ 海明威（Ernest Hemingway，1899–1961），美國記者、作家。

I think in twenty years I'll be looked at like Bob Hope. Doing those president jokes and golf shit. It scares me. - Eddie Murphy
再過20年我可能就會被當成鮑勃 ・ 霍普（Bob Hope，1903–2003），幹些無趣的總統差事、打打無用的小白球——想到就令人害怕啊！。——艾迪・墨菲（Eddie Murphy，1961–，是一位非裔美國人喜劇演員，歌手和電影演員。

Ohhh man! I will never forgive your ass for this shit! This is some fucked-up repugnant shit! - Pulp Fiction
喔天啊！我絕不原諒你這混蛋幹的好事！真是他媽的亂七八糟！。——《黑色追緝令》（Pulp Fiction，1994），美國電影。

Everything government touches turns to crap. - Ringo Starr
只要政府染指就崩壞了。——林哥 ・ 史達（Ringo Starr，1940–），英國創作歌手、演員。

Everything else that is striking out into new territory is a crap shoot.
- Steven Spielberg
想要跨足新領域的電影，就跟賭博沒兩樣。——史蒂芬 ・ 史匹柏（Steven Spielberg，1946–），美國電影導演。

Out of all the guitars in the whole world, the Fender Mustang is my favorite. They're cheap and totally inefficient, and they sound like crap and are very small. - Kurt Cobain
世界上所有的吉他中，Fender Mustang 是我的最愛。既便宜又難用，既難聽又小支。——科特 ・ 柯本（Kurt Cobain，1967–1994），美國搖滾歌手。

I hate most of what constitutes rock music, which is basically middle-aged crap. - Sting
基本上，中年創作的無聊搖滾樂我都不喜歡。——史汀（Sting，1951–），英國歌手。

A sellout is putting your name on any piece of crap and then expecting people to buy it because it's got your name on it. - Marc Jacobs
所謂義賣就是把你的名字貼在任何一件廢物上，然後期待別人衝著你在上面的名字而買下它。——馬克 ・ 雅各布斯（Marc Jacobs，1963–），美國時尚設計師。

DAMN名言

I no have education. I have inspiration. If I was educated, I would be a damn fool. - Bob Marley
我沒受過正式教育，但我有靈感；若我曾受過教育，如今的我應該是個傻子。
——鮑勃 ・ 馬利（Bob Marley，1945–1981），雅買加創作歌手，雷鬼樂之父。

Sex without love is a meaningless experience, but as far as meaningless experiences go its pretty damn good. - Woody Allen
沒有「愛」的性行為是一種無意義的經驗，但實際上，這依然是種相當不錯的體驗。
——伍迪 ・ 艾倫（Woody Allen，1935–），美國電影導演。

If a woman tells you she's twenty and looks sixteen, she's twelve. If she tells you she's twenty-six and looks twenty-six, she's damn near fourty.
- Chris Rock
若一個看起來是16歲的女孩告訴你她是20歲，那她的實際年齡一定是12歲；若一個看起來是26歲的女人告訴你她26歲，那實際上絕對是接近40歲了。
——克里斯 ・ 洛克（Chris Rock，1966），美國喜劇演員。

I'm far from being god, but I work god damn hard. - Jay Z
神距離我很遙遠，但我神認真地在工作。—— Jay Z（饒舌歌手・音樂製作人）

You're the enemy. I don't want to sympathize with you. So... So don't... Don't cry like that in front of me! Damn it... - Masashi Kishimoto, Naruto
你是敵人。我是不會同情你的。所……所以別……別在我面前哭成那樣！該死！
——《火影忍者》，岸本齊史（Masashi Kishimoto，1974–）著。

Jazz is known all over the world as an American musical art form and that's it. No America, no jazz. I've seen people try to connect it to other countries, for instance to Africa, but it doesn't have a damn thing to do with Africa.
- Art Blakey
爵士樂是從美國誕生出來的音樂藝術，事情就是那麼簡單。沒有美國就沒有爵士樂，有些人會試著把爵士樂與其他國家扯在一塊，例如非洲，但我要說，爵士樂跟非洲一點關係都沒有。——亞特 ・ 布雷基（Art Blakey，1919–1990），美國爵士樂鼓手。

‧DAMN‧

Damn，發音為 [dæm]。【動詞】（他動詞）①〔SVO〕<對人>（人、事、物）咒罵、痛罵；〔嘆詞〕可惡！呿！去死！屬 swearword 之一；常用於表現憤怒、困惑、失望等不愉快的情緒，也可表示驚訝、感嘆、同情等。②「宗教」<神><對人>永遠的懲罰、使人墜落地獄③「慣用被動詞」將<人、事、物>判定為廢物、指責他人；貶低、批判④將<人‧人生等>破壞、搗亂【名詞】①C 詛咒、咒罵的用語②「男性用詞略語」〔a~；慣用否定文〕一點點、如鼻屎般大小【形容詞】【副詞】「男性用詞略語」= damned.

可與其他字詞一起使用，使它具有 very much 的含意，變成強調性質用語。關於 Damn 的語源，一種說法是由法文的 damnare（指責）與 com（嚴重）組合成的 condemn（指責）演變而來；另一說是由拉丁文的 Ldamnare（加害）演變而來。約 13 世紀時開始使用。18 世紀～1930 年代為止，人們忌諱 Damn 與它的衍生詞，會避免出現在印刷品上。

DAAAMMNN, She's hot!

（大叫）真不敢相信，她超辣！

重點

率直的讚嘆方式，用於肯定對方的場合。

Damn, She's hot!

Woody Allen

伍迪・艾倫（1935–）
美國電影導演

靠，她正翻了！

Damn all.

完全沒有

重點

以 Damn 代替 nothing at 以強調整句話。

其他例句

You'll get damn all from him.
If you do this.

你若這麼做的話，根本不可能從他那得到任何東西。

She knew damn all about cooking.

她對於烹飪一無所知。

This soup is damn hot.

這湯真是燙到爆。

Spider-Man

《蜘蛛人》
美國超級英雄電影

Damn close. / Damn hot. / Damn tired.

非常勉強／很炎熱、超熱／非常累

重點

在 close（逼近、勉強）前面加上 damn 的強調手法，
與加上「非常」、「極度」的意思相同。

其他例句

It was damn close to hitting the car!

差一點就撞上車子了。

Hey, did you see that damn fool?

嘿，你看到那個傻子了嗎？

Bob Marley

鮑勃 · 馬利（1945–1981）
雅買加創作歌手，雷鬼樂之父

Damn fool.

白痴、笨蛋、傻子

重點
用來形容一個人做事不經思考、毫無責任感，
並做出有可能會傷害他人的行為。

You haven't tried the new stuff? Damn shame.

你沒有試用那個新商品？有夠可惜的。

Penélope
Cruz

潘妮洛普 ・ 克魯茲（1974-）
西班牙電影女演員

Damn shame.

真是太可惜了

重點

在 shame（憾事）前面加上 damn 的強調手法，
與加上「完全」、「非常」的意思相同。

That damn teacher gave us another pop quiz.

那個機車老師又給我們隨堂測驗了。

The Godfather

《教父》
美國黑幫電影

Damn teacher. / Damn boss. / Damn thing is broken.

機車老師／廢物上司／這爛東西竟然給我壞掉了

重點

反面用法時的 damn 加在人或名詞前面時，
可將自己的憤怒轉化成汙名或汙點，藉此強調內心感受。
另外，也可用來指壞掉、不能使用、無所謂的事物。

I know you damn well.

我對你瞭若指掌。

Damn well.

確實地、好好地

重點

以 damn 來強調 well（好）。

對「毋需懷疑、確定之事」使用。

Damn. You lost your keys?

有沒有搞錯，你竟然把鑰匙弄丟了？

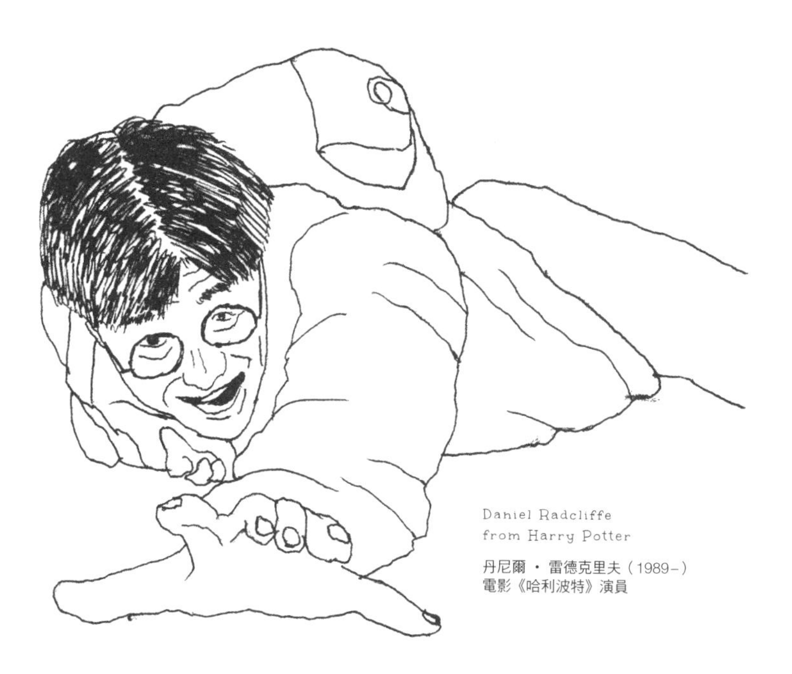

Daniel Radcliffe
from Harry Potter

丹尼爾・雷德克里夫（1989–）
電影《哈利波特》演員

Damn. / Damn it! / Damn you!

糟了／該死／你去死

重點

用於狼狽、慌亂的時候。「眼看著事情快要成功，卻在最後一刻錯失機會」，像這種覺得可惜的瞬間，常會脫口說出 damn。若是對他人使用的話，與 go to hell 相同，是在「想比中指」的時候使用。

I'll be damned if that's true.

如果是真的，我頭給你。

MLB
Baseball Player

美國職棒大聯盟選手。

Damned if~

無法確定、真的有這種事嗎？

重點

意思是：若是這樣的話，還不如叫我下地獄。

CHAPTER 3

DAMN 10

Frankly, I don't give a damn what you think.

坦白說，我才不鳥你怎麼想。

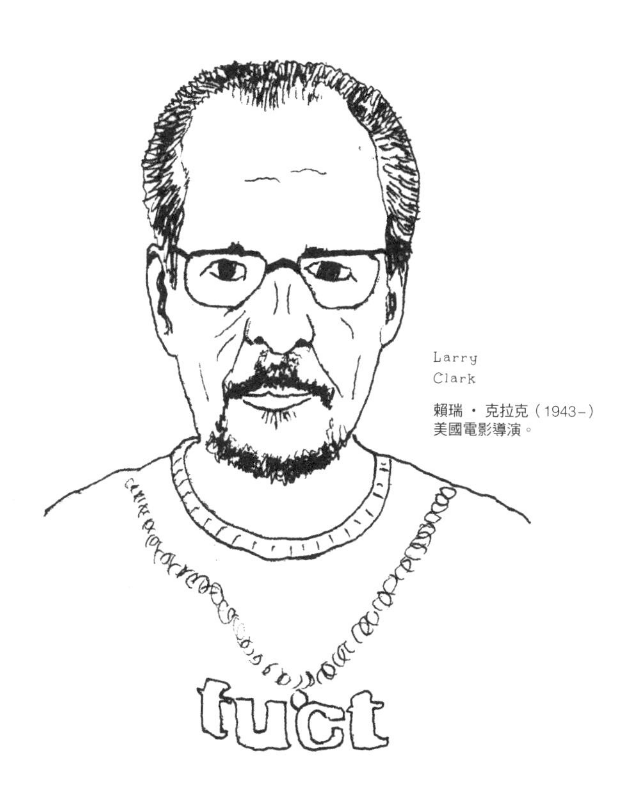

Larry Clark

賴瑞 ・ 克拉克（1943–）
美國電影導演。

Don't give a damn.

怎樣都好

重點

將 give a damn（留意）加上 do not 的否定表現方式，可衍生出毫不在乎、隨便的意思。是比 don't give a fuck 溫和一點的講法。

This is not worth a damn.

這東西一文不值。

妮娜 · 西蒙（1933–2003）
美國歌手、作曲家、鋼琴表演家

Not worth a damn

一文不值、毫無價值

重點

也可說成 not worth a plugged nickel。
加入 damn 是用來強調「微量、稀少」的表現手法。

Well, I'll be damned.
It is better this way.

嗯，原來如此。這個方法很好。

Leonardo DiCaprio
AKA Jack Nicholson

李奧納多 · 狄卡皮歐
又名傑克 · 尼克遜

Well, I'll be damned.

好厲害、嚇我一跳、多麼蠢的事啊、原來如此

重點

當事情與預期中不一樣，反而出奇地好或厲害時，
以訝異又不耐煩的口氣所說出來的短句。

You'll be damned if you do, and damned if you don't.

你做也不是，不做也不是。

Avril
Lavigne

艾薇兒 • 拉維尼（1984-）
加拿大創作歌手、演員

You will be damned for doing that.

做了這件事的話你會後悔的（會受到懲罰的）

重點

與 P151的 dammed 正好相反，這裡是用來批評、譴責他人。
使用的方式也可以與 to hell 相同。

God damn it!
Turn that damn music down!

天殺的！把那該死的音樂轉小聲點！

Bob Dylan

鮑勃 ・ 狄倫（1941－）
美國搖滾、民謠創作歌手

God Dammit!

可惡！該死！

重點

累積了驚嚇、憤怒或挫折之後，不由自主地爆發出來的表現。

基本上與 P147的 damn 意思相同。

HELL名言

Bloody hell, Harry. That was not funny.
- Harry Potter and the Prisoner of Azkaban
（受驚嚇）搞什麼啦，哈利，這可不好玩啊！ ——《哈利波特：阿茲卡班的逃犯》（Harry Potter and the Prisoner of Azkaban，2004）。

"Crazy as hell" - F. Scott Fitzgerald" The Great Gatsby"
真是腦袋有問題。——《大亨小傳》（The Great Gatsby），法蘭西斯 · 史考特 · 費資傑羅（F. Scott Fitzgerald）著。

"The hottest places in hell are reserved for those who, in times of great moral crisis, maintain their neutrality." - John F. Kennedy
地獄最炙熱的地方，是保留給那些在道德存亡之際袖手旁觀的人。——約翰 · 甘迺迪（John F. Kennedy，1917–1963），美國第35任總統（1961–1963）。

I created Punk for this day and age. Do you see Britney walking around wearing ties and singing punk? Hell no. That's what I do. I'm like a Sid Vicious for a new generation. Avril Lavigne
我為今時今日創造了龐克音樂，你見過小甜甜布蘭妮打著領帶到處唱龐克嗎？當然沒有，而那正是我所做的。我就像是新世代的席德 · 維瑟斯（Sid Vicious）。——艾薇兒 · 拉維尼（Avril Lavigne，1984–），加拿大創作歌手、演員。

To hell with circumstances; I create opportunities. - Bruce Lee
管他風大雨大，我自創造時勢。——李小龍（Bruce Lee，1940–1973），武術家。

"If you are going through hell, keep going." - Winston Churchill
若你已經在地獄裡了，那就繼續前進吧。——溫斯頓 · 邱吉爾（Winston Churchill，1874–1965），前英國首相。

"We are each our own devil, and we make this world our hell."
- Oscar Wilde
我們都是自己的惡魔，並創造了自己的地獄。——奧斯卡 · 王爾德（Oscar Wilde，1854–1900），愛爾蘭詩人、作家。

I let that murdering psychopath blow him half to hell. —The Dark Knight
我讓那殺人魔把他打到半死。——《黑暗騎士》（The Dark Knight，2008），美國超級英雄電影。

·HELL·

Hell，發音為 [hεl]。【原意：被隱蔽的地方】【名詞】①〔屢次 H～〕U 地獄（Heaven 的反義字）② C，U《簡略》生活地獄、地獄般的場所〔狀態〕③《簡略》〔the～；用在句首；當作副詞〕……是很荒謬的事；絕對不是……。其他像是憤怒、煩躁、驚慌時的發聲或咒罵，是作為「強調用語」來使用。【語源】據說是由（古英語中）有「包藏（國家）」之意的【形容詞】hellish 演變而來。順帶一提，重金屬樂團的團名中常會出現 Hell 一字。

Like you hell of a lot.

超喜歡

重點

「hell of～」有「非常偉大、厲害、非常的～」的意思，
用來指非常不得了的量、質、人物魅力等。
hell 與 very much 一樣，都是強調事物的表現手法。
根據所搭配的名詞或形容詞的不同，會出現「好的意義」與「不好的意義」。

其他例句

I like you hell of a lot.

我超喜歡你。

The book "How to use fuck" is a hell of a good book.

Andy Warhol

安迪 ・ 渥荷（1928–1987）
美國藝術家

《fuck 的使用說明書》這本書超棒的。

Are you going to eat all this? Bloody hell!

你打算把這些全部吃掉？你瘋了嗎！

Bloody hell!

真假？混蛋！

重點
發生了壞事或驚訝的時候使用。
另外，Bloody hot（超級熱）等 Bloody 的用法，
有「超～」的意思。基本上屬於英式的表現手法。

Let's fuck crazy as hell today.

今天就讓我們來大鬧一場吧。

The Great Gatsby
《大亨小傳》

Crazy as hell.

發狂般地、腦袋有問題的

重點
用 hell 來強調 Crazy，表示混亂的狀態。
「好的意思」與「壞的意思」都可用 hell 來表現，使用時請多注意前後文。

Get the hell outta here!

滾開！給我消失！你是說真的嗎!?

重點

若在激動時，想表現出憤怒或煩躁的情緒，
可用精確的發音講出 hell。outta 是 out of 的省略字。
在朋友間互開玩笑的場合中，請以溫和的口氣說出口。

You better get outta here as soon as possible.

Harrison
Ford

哈里遜・福特（1942-）
美國男演員

你最好快點從這兒滾開。

You suck. Go to hell.

遜斃了你，去死吧。

Anchorman
The Legend Continues

《銀幕大角頭》
2004年美國喜劇電影

Go to hell.

去死、下地獄吧、消失吧

重點

口語上的命令句，用來表現憤怒或煩躁的情緒。

"Do you like that girl who look like Britney Spears?"
"Hell NO!"

「你喜歡像小甜甜布蘭妮的那種女生嗎？」

「怎麼可能！」

Britney Spears

小甜甜布蘭妮（1981－）
美國女歌手

Hell yeah. / Hell no.

當然好／絕對不要、不可能

重點

強烈的表現出 no 或 yeah。也常用來表現歡喜。

與 P34的 fuck yeah.／no. 的意思相同。

He raised hell when he found his house had no window.

他發現屋子沒有窗戶後，整個人大爆走。

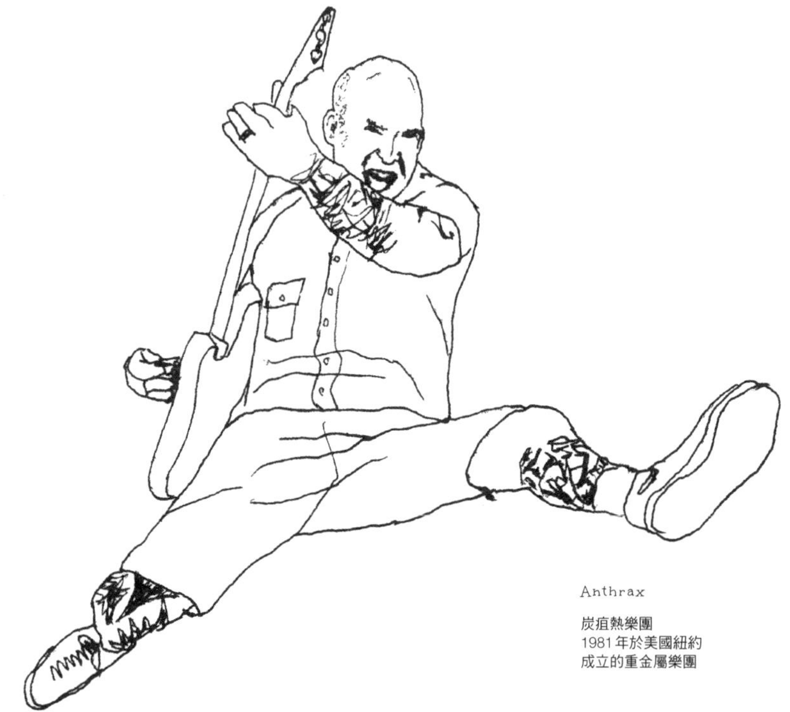

Anthrax

炭疽熱樂團
1981 年於美國紐約
成立的重金屬樂團

Raise hell.

引發大騷動、胡鬧、咆嘯、引起問題

重點

用於發生了不得了的大事時。也可作為「有氣勢」的表現。
順帶一提，Hell raiser 是「棘手的傢伙」的意思。

He robbed a bank. He ran like hell but he got caught.

銀行搶匪腳底抹油快閃，但還是被捕了。

Skateboarder

滑板達人

Run like hell.

全速衝刺，拼了命地跑

重點

用在「事態緊急，須以非常快的速度奔跑」的時候。

5W1H 活用表現

What the hell. / What the hell?

竟會如此的～、不管變成怎樣都好／到底是怎樣啦？

重點

What the hell 光是疑問表現就有各種不同的意思，請多多注意。

是於驚訝時所使用的強調表現手法。

此句較 P 70 的 What the fuck 稍微委婉一些，可多方運用。

What the hell is this.

Winston
Churchill

溫斯頓 · 邱吉爾（1874–1965）
前英國首相

這什麼鬼？

5W1H 活用表現

What the hell 篇

Run D.M.C.

（1981－2002，2012）
美國饒舌嘻哈樂團

What the hell is going on?

這到底是發生了什麼事？

重點

藉由 the hell 來強調「到底怎樣」。
是比 P75的 fuck 還要溫和一點的說法。

5W1H活用表現

When the hell 篇

Singin' in the Rain

《萬花嬉春》(1952)
美國歌舞片

When the hell is the rain gonna stop?

這雨到底要下到什麼時候？

重點

藉由 the hell 來強調「到底會如何」。

5W1H 活用表現

Where the hell 篇

Marie Antoinette

瑪麗 ・ 安東娃妮特
(1755-1793)
法國國王路易十六王妃。

Where the hell are you going?

你到底跑到哪去了？

重點

藉由 the hell 來強調「到底在哪」。

5W1H 活用表現

Who the hell 篇

Angelina
Jolie

安潔莉娜 · 裘莉
（1975–）
美國女演員

Who the hell are you?

你哪位？

重點

藉由 the hell 來強調「到底是哪位」。
此說法比 P 79的 Who the fuck 還要溫和一點。

5W1H 活用表現

Why the hell 篇

Les Misérables
《悲慘世界》

Why the hell did that take so fucking long?

到底為什麼你會花這麼多的時間？

重點

藉著在 why（為什麼）後面加入 hell 的方法
來強調「到底如何」。

5W1H活用表現

How the hell 篇

How the hell should I know.

我怎麼可能會知道？

重點

被詢問某件事的時候，便可用此句來回覆對方，
表示自己絕不可能知道此事。加入 the hell 來強調「不知道」。

INDEX

First original Japanese edition published by Transworld Japan Co., Ltd. Japan
Chinese (in traditional character only) translation rights arranged with
Transworld Japan Co., Ltd. Japan. through CREEK & RIVER Co., Ltd.

國家圖書館出版品預行編目資料

FUCK的使用說明書 / 英文表現研究會作；
鄒玟羚, 林晏生譯. -- 初版. -- 新北市：楓
書坊文化, 2014.12　176面；18.8公分

ISBN 978-986-377-024-4（平裝）

1. 英語　2. 詞彙　3. 句法

805.12　　103020894

FUCKの使用說明書

出　　版／楓書坊文化出版社
地　　址／新北市板橋區信義路163巷3號10樓
郵政劃撥／19907596　楓書坊文化出版社
網　　址／www.maplebook.com.tw
電　　話／(02) 2957-6096
傳　　真／(02) 2957-6435
作　　者／英語表現研究會
監　　修／MADSAKI
插　　畫／NAIJEL GRAPH
翻　　譯／鄒玟羚・林晏生
責任編輯／黃湄娟
總 經 銷／商流文化事業有限公司
地　　址／新北市中和區中正路752號8樓
網　　址／www.vdm.com.tw
電　　話／(02)2228-8841
傳　　真／(02)2228-6939
港澳經銷／泛華發行代理有限公司
定　　價／250元
初版日期／2014年12月